DE
M. DE VILLÈLE.

A PARIS, chez les Marchands de Nouveautés.

1822.

DE M. DE VILLÈLE.

Les journaux d'un certain parti ont attaqué M. de Villèle, à raison d'une certaine correspondance privée qu'ils se sont plu à lui attribuer. Sans examiner si cette correspondance privée vient en effet de ce ministre, ce que nous ne croyons pas, ou de quelque ami, peut-être indiscret, il nous semble utile de nous occuper des principes que les ennemis de M. de Villèle supposent être la base de cette correspondance, et que, pour un moment, nous admettons être ceux de ce ministre.

Ces principes sont que pour consolider la monarchie avec l'influence des suprématies sociales, fort menacées dans ce moment-ci, il faut au moins autant de modération que d'énergie. A ce mot de modération, les ennemis de M. de Villèle se sont révoltés. Ils nous ont parlé fort éloquemment de la nécessité de récompenser le zèle, le dévouement, la fidélité; et certainement M. de Villèle ne demande pas mieux que de récompenser toutes ces choses.

Sous ce rapport, il pourrait lui-même récla-
mer sa part de récompense.

Mais tout n'est pas dit, quand on a pro-
noncé les mots de fidélité, de dévouement et
de zèle; ces mots, tout respectables qu'ils
sont, ne sont pas un talisman qui brise tout
d'un coup les intérêts créés, les opinions ac-
créditées et sanctionnées par une révolution de
vingt-cinq ans. M. de Villèle, comme tout
homme d'esprit, ne peut se faire illusion sur
le terrain sur lequel il marche et sur l'atmo-
sphère qui l'entoure. Ce n'est pas sa faute si de
très-respectables serviteurs de la monarchie,
qui sont rentrés, malheureusement en très-pe-
tit nombre, dans un pays dont ils ne connaissent
depuis trente ans ni la situation ni les habitudes, ne peuvent pas se trouver tout-à-coup
suffisamment éclairés sur ces habitudes et sur
cette position pour être en état de gouverner à
eux seuls la France.

Aussi long-temps que M. de Villèle n'a été
qu'à la tête d'un parti que dirigeaient ses lumières et son expérience, il a pu et dû faire
beaucoup de concessions à ce parti. Aujour-
d'hui qu'il est devenu responsable des intérêts
de la monarchie; aujourd'hui qu'il est parvenu, non sans peine, à préserver la monarchie

des dangers dont ses ennemis publics ou secrets l'avaient environnée, il ne serait ni d'un sujet fidèle, ni d'un homme loyal, ni d'un esprit éclairé, de céder à des souvenirs hostiles ou à des animosités purement de parti.

Les royalistes qui jusqu'à ce jour ont soutenu M. de Villèle, et l'ont porté jusqu'au ministère, devraient ne pas oublier les leçons que l'exemple de M. Decazes, dans un sens contraire, est propre à leur suggérer.

Qu'était M. Decazes ? Un homme essentiellement dans les intérêts plébéiens, et qui était parvenu à imposer au gouvernement une tendance conforme aux intérêts plébéiens, c'est-à-dire plus ou moins révolutionnaires, sans donner à cette expression l'acception fâcheuse qu'on veut ordinairement y joindre. Il est donc clair que les partisans des principes et des intérêts de la révolution, tels que les avait consacrés la charte, devaient regarder le ministère de M. Decazes et son influence, comme un avantage pour eux.

Il est certain que si au lieu de lui chercher des querelles mal fondées, ils l'avaient aidé à obtenir graduellement ce qui pouvait favoriser le principe plébéien ou démocratique, ils auraient démocratisé la charte de manière à ce

que les espérances de ceux qui la veulent plus
aristocratique, fussent de beaucoup ajournées,
sinon complétement déçues.

M. de Villèle est arrivé au pouvoir par le flot
contraire à celui qui avait porté M. Decazes; il
est donc évident que son intérêt est de favoriser les principes aristocratiques de la charte,
autant que ces principes sont compatibles avec
les opinions dominantes et les nécessités de
l'époque, pour me servir d'un mot en usage.
Mais de même que les libéraux en exigeant de
M. Decazes ce qu'il ne pouvait pas faire, ont
renversé M. Decazes; de même il pourrait ar-
river que les royalistes, en exigeant de M. de
Villèle ce qui lui est impossible, le missent
hors d'état de faire le bien qui dépend de lui.
Qu'ont fait les libéraux sous M. Decazes? ils ne
lui ont tenu compte ni d'une loi d'élection populaire qu'ils ont ensuite amèrement regret-
tée, ni d'une loi de recrutement également
dans leurs intérêts, ni de beaucoup de concessions partielles et de destitutions successi-
ves qui jetaient peu à peu le pouvoir dans
leurs mains. Ils ont voulu qu'il obtînt du roi
des choses qui nécessairement devaient cho-
quer la délicatesse royale : ils ont voulu des
destitutions en masse; en un mot, un chan-

gement complet et patent du système. M. Decazes a cédé lentement, aussi long-temps qu'il
a pu, mais il s'est trouvé enfin sur les limites
de ses possibilités ; et, comme par ses condes-
cendances pour les libéraux, il s'était attiré
l'inimitié de tout le parti contraire, les libéraux ne voulant rien entendre aux obstacles
qu'il rencontrait, il a dû tomber.

M. de Villèle se trouve à certains égards dans
la même position. Derrière lui sont tous ces
gentilshommes de province qui l'ont très-fidè-
lement servi de leurs votes, et qui croient que
par reconnaissance pour leurs services, il doit
faire de la France un monopole pour eux et
leur famille ; ils ne sentent pas que si le cœur
du roi s'est trouvé outragé lorsqu'on lui a de-
mandé le rappel des hommes qui avaient con-
damné son frère, la raison du roi se trouverait blessée toutes les fois qu'on voudra faire
de la France l'exploitation d'une classe parti-
culière.

Inconnus que nous sommes et cachés sous
un voile d'anonyme qui nous permet de re-
pousser tout soupçon de flatterie, nous dirons
qu'il y a dans le caractère du roi une certaine
mesure exquise qui l'avertit de tout ce qui dé-
passe les bornes, soit d'un côté, soit d'un au-

tre. Il avait accordé à M. Decazes tout ce qui ne compromettait pas la dignité royale ; il s'est arrêté lorsqu'un choix blessant pour son cœur lui a fait voir qu'il y avait intention d'offense personnelle.

Il accorde à M. de Villèle tout ce qui ne compromet pas la sûreté de son trône et la tranquillité de son peuple. Mais si par hasard il y avait un parti extrême, et il y a des hommes extrêmes dans tous les partis, qui voulût faire tourner à son profit exclusif la révolution du 29 juin 1822 ; (car nous pouvons regarder comme une révolution la loi qui a mis des digues à une démocratie menaçante), comme il y a eu des hommes extrêmes qui ont voulu faire tourner à leur profit exclusif la révolution du 5 septembre 1816; il n'y a aucun doute que de même que la sagesse royale a arrêté les conséquences de l'ordonnance du 5 septembre, quand ces conséquences devenaient excessives, la même sagesse arrêterait les conséquences opposées du système que 1820 a vu naître.

Nous croyons que M. de Villèle possède, comme il la mérite, la confiance de Sa Majesté ; mais nous sommes convaincus aussi que si, par impossible, M. de Villèle sacrifiait les intérêts du trône et de la France aux vues personnelles d'un parti quelconque, il éprouverait le sort de M. Decazes. En nous exprimant ainsi, nous sommes loin de croire prédire quelque chose qui puisse se réaliser.

M. de Villèle est fort au-dessus de ce besoin puéril d'une approbation de coterie; et lors même qu'il s'attirerait la désapprobation d'un certain nombre de gens qui ne sont propres qu'à mettre la monarchie en péril, nous sommes convaincus qu'il restera fidèle à son système de modération. Mais nous avons voulu dire ces choses, pour prouver que s'il voulait s'en écarter, il y serait ramené par le roi lui-même; et qu'il y a non-seulement injustice dans ceux qui l'attaquent sur ce qu'il ne fait que ce qu'il croit nécessaire, mais qu'il y a encore absurdité en eux quand ils lui reprochent de ne pas faire ce qu'il ne serait pas en son pouvoir d'opérer.

M. Decazes a essayé avec moins de lumières, et par conséquent moins de succès, de concilier la démocratie et la royauté. Si la conciliation ne s'est pas faite, c'est encore moins la faute des talens, trop médiocres d'ailleurs, de M. Decazes, que des exigences de la démocratie elle-même. M. de Villèle essaie de consolider l'alliance d'une aristocratie raisonnable avec la royauté : ce sera la faute des susceptibilités de cette aristocratie s'il n'y réussit pas ; il ne faut pas se déguiser que la tâche de M. de Villèle est plus difficile que celle de M. Decazes. Comme l'a dit le plus éloquent de nos écrivains, *les idées du siècle sont républicaines.*

Il faut donc du talent et de l'adresse pour contrebalancer cette tendance ; et si quand le pilote lutte avec habileté contre le courant et contre les vagues, une portion de l'équipage se mettait contre lui, ce n'est pas lui qu'il faudrait accuser s'il échouait dans la traversée.

Au reste, nous ne craignons pas ce résultat. On peut être sujet très-fidèle, royaliste très-dévoué, avoir fait même plusieurs campagnes pour la monarchie, et ne rien entendre aux transactions nécessaires ; peut-être même une longue absence, causée par les motifs les plus honorables, qu'il est dans la justice du gouvernement de récompenser, rend-elle cependant moins propre à gérer les affaires d'un pays qu'on ne connaît pas.

Loin de nous l'idée de confier l'administration de ces affaires, même dans les détails les plus subalternes, à des mains peu sûres ; mais encore ne faut-il que les confier à des mains expérimentées. C'est là, à ce qu'il nous paraît, le principe de M. de Villèle, principe que les hommes qui l'attaquent lui ont déjà reproché; mais principe dont il ne se départira pas, parce que lorsqu'on est parvenu à sauver son pays d'un très-grand danger, lorsqu'on peut se rendre le témoignage qu'on a été pour quelque chose, sinon pour beaucoup, dans la préservation de la monarchie, lorsque sa perte paraissait imminente, on ne se laisse pas arrêter par des désapprobations de salon et par le mécontentement d'une petite minorité qui n'est jamais contente, et qui, si elle l'était une fois, ferait payer cher à la monarchie ce passager triomphe.

Et il ne faut pas croire que M. de Villèle ne trouverait pas beaucoup de moyens de résister à cette minorité, si elle le forçait de rompre avec elle, bien que la Chambre paraisse disposée à combattre les libéraux et leurs principes partout où ils se présentent. Plusieurs portions de cette Chambre s'effraient déjà secrètement des extrémités auxquelles on veut les conduire. Nous ne parlons pas de l'extrême gauche, peut-être incorrigible dans l'absolu de ses prétentions et dans la rigueur de ses théories; mais la grande masse du côté gauche, ennemie de M. de Villèle aussi long-temps qu'il a l'air de faire cause commune avec l'extrême droite, serait acquise à tout ministère qui la soustrairait à l'influence de ses ennemis déclarés. Les hommes s'éclairent par leurs propres fautes. La portion paisible du côté gauche n'en est pas à méconnaître celle qu'elle a commise en renversant un ministère opposé à l'exagération de la droite : ce renversement ne lui a laissé que l'alternative d'une révolution illégale, ou d'une soumission passive à un système que la soumission même ne désarme pas. Or, outre que les hommes sensés et consciencieux répugnent aux moyens violens, l'expérience proclame une grande vérité, les révolutions même ne réussissent que lorsqu'une portion du gouvernement les favorise. Le 14 juillet a eu lieu, parce que M. Necker venait d'être ministre ; le 10 août, parce que le ministère girondin l'avait préparé ; le 9 thermidor, parce que le comité de salut public était divisé ; le 18 fructidor, parce que trois membres du directoire conspiraient contre deux ; le 18 brumaire, parce que deux membres de ce ministère conspiraient contre trois, avec Buonaparte ; le 31 mars, parce que M. de Talleyrand et le sénat ont voté la déchéance ; le 5 septembre, parce que MM. Decazes et Lainé l'ont provoqué; le 29 juin, 5 septembre en sens inverse, parce que le ministère l'a voulu; ainsi, dans ce qui a été le plus populaire; comme dans ce qui l'a été le moins, il a fallu un point d'appui au sein du pouvoir; sans ce point d'appui rien ne se fait, et les hommes qui croient qu'en agitant la masse, sans avoir dans l'autorité des confédérés et des soutiens, ils amèneront quelques résultats, ne sont que des brouillons et des dupes. Cependant depuis la chute du dernier ministère, M. de Villèle n'a pas encore acquis assez d'ascendant pour empêcher que le ministère actuel ne suive un système qui semble effrayer quelques personnes; et il y a dans le côté gauche même une foule d'hommes que leur position et l'impossibilité actuelle de toute transaction raisonnable condamnent à la violence, et qui néanmoins ont soif de retrouver un système plus régulier, et se réuniraient de tout le poids de leur popularité et de leur talent à toute administration qui les ferait sortir de cette tourmente; à plus forte raison le centre gauche, essentiellement ami du repos, en lui laissant entrevoir une participation proportionnelle dans le pouvoir et dans l'influence. M. Ternaux est évidemment plus près de tout ministre qui ne sera pas contre-révolutionnaire, qu'il ne l'est du général Demarçay; et M. Royer-Collard s'entendra toujours mieux avec un homme d'esprit semi-constitutionnel, qu'avec M. Beauséjour et M. Tarayre : non que tous ces membres de l'opposition ne puissent être très-bien intentionnés; mais il est évident que la tournure de leur esprit, les habitudes de leur langage et l'effet qu'ils produisent, sont en antipathie avec le centre gauche.

Cette antipathie, que le centre gauche éprouve pour ce qu'il regarde comme des exagérations dans une extrémité du parti avec lequel il est forcé de voter, le centre droit l'éprouve pour l'extrême droite. M. Lainé est aussi affligé des déclamations de M. Duplessis-Grenedan; M. Maine de Biran soupire aussi profondément des divagations de M. Dudon, que M. Benjamin-Delessert des expressions amères ou peu mesurées de tel homme qui siége à la gauche. Mais de même que les hommes les plus modérés du centre gauche sont près de faire corps avec tout ce qui appartient à leur parti, depuis que la Chambre n'est divisée qu'en deux fractions, parce qu'ils voient la contre-révolution à droite, de même le centre droit fait cause commune avec des hommes dont il ne partage nullement la violence, parce qu'il voit la ré-volution et l'anarchie à gauche. Un ministre qui délivrerait les partis raisonnables de la Chambre de ces deux spectres, serait considéré par l'immense majorité comme un libérateur. C'est le rôle que peut jouer M. de Villèle. La Chambre est fatiguée de s'agiter dans le faux; et comme le vrai ne se trouve que dans la mo-dération, il suffit que la modération paraisse pour que tout le monde s'y réunisse. M. de Villèle est donc mille fois plus fort que ne le pensent ceux qui, parce qu'ils l'ont porté au ministère, croient qu'il doit exploiter le pou-voir à leur profit.

Quand un homme arrive uniquement par une faction, il est obligé de se laisser conduire par cette faction, et d'être plus violent qu'elle; mais quand un homme arrive par une répu-tation méritée de sagesse et de connaissances administratives, il en est tout autrement. Si dans la formation du présent ministère le roi n'avait voulu que donner un triomphe à l'o-pinion royaliste la plus prononcée, il aurait choisi sur le même banc, et précisément à l'extrémité opposée à celle où siége M. de Vil-lèle, de quoi donner à cette opinion un triomphe bien plus complet; il ne l'a pas fait, et cela seul démontre la ligne que la sagesse royale ne dépassera pas.

FIN.